MW01631458

verrines
& cuillères gourmandes

Pascal Nicolas

City Editions

Crédits des photographies :

Couverture : © Manceau/Photocuisine Sucré Salé.
Shutterstock : p.31, p.51, p.60 et p.63.
P.8 : Leser/Photocuisine Sucré Salé ; p.11 : Bagros/Photocuisine Sucré Salé ; p.12 : Bagros/Photocuisine Sucré Salé ; p.15 : Caste/Photocuisine Sucré Salé ; p.16 : Leser/Photocuisine Sucré Salé ; p.19 : Asset/Photocuisine Sucré Salé ; p.20 : Bagros/Photocuisine Sucré Salé ; p.23 : Caste/Photocuisine Sucré Salé ; p.24 : Bagros/Photocuisine Sucré Salé ; p.27 : Viel/Photocuisine Sucré Salé ; p.28 : Nicoloso/Photocuisine Sucré Salé ; p.32 : Nicoloso/Photocuisine Sucré Salé ; p.35 : Bagros/Photocuisine Sucré Salé ; p.36 : Viel/Photocuisine Sucré Salé ; p.40 : Desgrieux/Photocuisine Sucré Salé ; p.43 : Viel/Photocuisine Sucré Salé ; p.44 : Roulier/Turiot/Photocuisine Sucré Salé ; p.47 : Viel/Photocuisine Sucré Salé ; p.48 : Viel/Photocuisine Sucré Salé ; p.52 : Viel/Photocuisine Sucré Salé ; p.55 : Bilic/Photocuisine Sucré Salé ; p.56 : Desgrieux/Photocuisine Sucré Salé ; p.59 : Asset/Photocuisine Sucré Salé ; p.64 : Viel/Photocuisine Sucré Salé ; p.67 : Riou/Photocuisine Sucré Salé ; p.68 : Lawton/Photocuisine Sucré Salé ; p.71 : Paquin/Photocuisine Sucré Salé ; p.72 : Riou/Photocuisine Sucré Salé ; p.75 : Bagros/Photocuisine Sucré Salé ; p.76 : Caste/Photocuisine Sucré Salé ; p.79 : Caste/Photocuisine Sucré Salé ; p.80 : Caste/Photocuisine Sucré Salé ; p.83 : Viel/Photocuisine Sucré Salé ; p.84 : Roulier/Turiot/Photocuisine Sucré Salé ; p.88 : Bagros/Photocuisine Sucré Salé ; p.92 : Lawton/Photocuisine Sucré Salé ; p.95 : Caste/Photocuisine Sucré Salé.

Les recettes illustrées sont suivies d'un (*).

ISBN : 978-2-35288-165-0
Code Hachette : 50 5701 3

Rayon : Cuisine
Collection dirigée par Christian English & Frédéric Thibaud
Catalogue et manuscrits : www.city-editions.com

Dépôt légal : premier semestre 2008
Imprimé dans la C.E.E.

SOMMAIRE

Viandes & volailles

Poissons & fruits de mer

Légumes & fromages

Verrines & cuillères sucrées

Quelques conseils...

Si mes souvenirs ne me trompent pas, ma première verrine était un tiramisu. Un tiramisu aux kiwis. Une dizaine d'amis venaient dîner et, comme je ne faisais pas de dîner à table (exiguïté des appartements parisiens oblige), il me fallait une solution pour pouvoir servir mon dessert afin que ce soit d'une part présentable, mais également mangeable sans risquer de devoir apporter les housses du canapé au pressing le lendemain.

Et j'ai pensé à mes verres à whisky… Ces verres ne devaient-ils servir qu'à boire ? Facile, me direz-vous ! On parle des verrines partout aujourd'hui. Et je ne suis pas le dernier à me préoccuper de ce qui se fait en matière de création culinaire. Mais ça date et, sans être un précurseur (puisque ma mère servait déjà ses desserts individuels à ses invités lorsque j'étais petit), ce n'était pas encore la manière la plus in de présenter ses plats.
Fort de mon succès et des compliments de mes invités (plus sur le côté esthétique du service que sur la saveur particulière du dessert d'ailleurs, car, sans être particulièrement désagréable, ce n'était pas une de mes plus grandes réussites) je me suis resservi souvent de cette astuce et plus uniquement pour les desserts.

Parti pris plastique, certes, mais qui ne sacrifie rien au goût. Car ce qui est beau à l'œil doit aussi être bon en bouche.
Pour les cuillères, en revanche, je n'ai pas été très en avance. C'est une amie qui m'a initié. Séduit par leur côté pratique, je me suis laissé porter par l'inspiration de différentes recettes dont on ne fait qu'une bouchée.

Par contre, il faut avoir un peu de place. Ma collection de verres de différentes tailles ou de cuillères s'est élargie de manière presque impensable. Je ne saurai alors que trop vous conseiller (si la place dans vos placards n'est pas exponentielle) d'investir dans les verrines jetables. Alors, certes, ce n'est pas un conseil écolo, et j'assume pleinement (d'autant plus que les miennes sont en verre), mais, à moins d'organiser régulièrement des repas en verrines, cela reste une solution nettement plus réfléchie.

Les verrines ou les cuillères nécessitent quand même un minimum d'organisation. Parce que, outre la vaisselle, il faut aussi stocker celles qui se servent fraîches. Et puis chaque verre a une contenance particulière en fonction de sa forme, et le résultat ne sera pas le même dans une flûte que dans un ballon.
Je vous invite donc à tester avant.
Parce que, après, c'est quand même presque un jeu d'enfant dans lequel vous pourrez laisser libre cours à votre esprit créatif (et ne me dites pas que vous n'en possédez pas, peut-être est-il simplement inexploité).

Le principal, c'est d'avoir toujours, au réfrigérateur et dans vos placards, pour les verrines impromptues, quelques ingrédients indispensables.
De la crème liquide pour les chantilly parfumées, du yaourt ou du fromage blanc, des fromages frais ou des crèmes de fromage qui se marient facilement avec d'autres ingrédients une fois écrasés.
De la gélatine ou de l'agar-agar pour les gelées, des épices en poudre, en grains ou frais, des herbes aromatiques fraîches ou congelées, différents sucres, sels ou poivres pour varier les saveurs.
Des œufs, du beurre, des chocolats différents, des gâteaux et des fruits secs…
Un assortiment de différents chutneys, compotes et confitures vous permettront de substituer, dans les recettes que je vous propose (ou celles que vous imaginerez) les préparations similaires.
Quelques caviars de légumes, ou tapenades (qui ne sont pas difficiles à réaliser pour peu que vous disposiez d'un peu de temps devant vous), se prêtent également au jeu des remplaçants de bonne saveur.

Mais je suis certain que, pour la plupart d'entre vous, vous possédez déjà tout cela.
Les robots sont d'une aide précieuse en cuisine, car ils vous permettent de gagner énormément de temps et d'économiser l'énergie dont vous aurez besoin pour profiter de vos amis au cours du repas (et dont vous seriez sans doute moins plein si vous passez votre temps à monter les chantilly à la main ou vos blancs en neige).
Rappelez-vous avant tout que le but de la préparation d'un repas, c'est de passer un bon moment avec vos amis, votre famille ou à deux. Il serait dommage (je présente mes excuses à mes ancêtres qui prôneraient plutôt de préserver les traditions) de vous priver des bienfaits de la technologie d'aujourd'hui.

Parce qu'un livre de cuisine ne doit pas être une bible, je vous laisse aller chercher dans ce livre quelques idées que vous pourrez détourner et personnaliser, et bon appétit !

TARTARE DE VEAU À L'AVOCAT *

▶ Ingrédients

350 g de filet de veau
2 avocats
6 tomates-cerises
10 feuilles de persil
3 c.s. de jus de citron vert
5 c.s. d'huile d'olive

1 c.c. de gingembre en poudre
Sel et poivre

Difficulté : Facile
Préparation : 15 mn
Pour 6 personnes

▶ Préparation

1. Hachez finement le veau et disposez-le dans un sac hermétique.
2. Rincez puis hachez grossièrement 4 feuilles de persil et ajoutez-les au veau.
3. Ajoutez l'huile, 2 cuillères à soupe de jus de citron, le sel et le poivre et la poudre de gingembre, puis fermez le sac et mélangez avant de laisser reposer au frigo pendant 2 heures.
4. Rincez les tomates-cerises et coupez-les en deux.
5. Avant de dresser, pelez puis détaillez l'avocat en petits dés et versez le citron dessus.
6. Disposez une couche d'avocat au fond de la verrine, le veau (sans la marinade) et une nouvelle couche d'avocat.
7. Disposez les tomates et les feuilles de persil restantes et servez.

! *Également délicieux avec du poisson, n'hésitez pas à remplacer le veau par de l'espadon ou du requin.*

BŒUF SAUTÉ AU SOJA

Une verrine élaborée, aux saveurs orientales.

▶ Ingrédients

300 g de rumsteak
2 c.s. d'alcool de riz
1 blanc d'œuf
2 c.s. de sauce soja
1 c.s. de pâte de haricots piquante
200 g de soja frais
150 g d'épinards frais
1 oignon nouveau

3 c.s. d'huile d'arachide
30 cl de bouillon de bœuf
1 c.s. de graines de sésame
Sel et poivre

Difficulté : Chef
Préparation : 40 mn
Cuisson : 5 mn
Pour 6 personnes

▶ Préparation

1. Détaillez le bœuf en fines lamelles et faites-le mariner une vingtaine de minutes dans un sac congélation avec l'alcool de riz, 2 cuillères à soupe d'huile, le blanc d'œuf, 1 cuillère à soupe de sauce soja. Salez et poivrez.
2. Détaillez l'oignon en fines tranches. Hachez grossièrement les épinards et rincez les pousses de soja.
3. Faites chauffer une poêle à feu doux et versez une cuillère à soupe de l'huile pour faire blondir l'oignon.
4. Dès que l'oignon est doré, ajoutez la viande (sans la marinade) et faites revenir quelques minutes en remuant sans cesse.
5. Diluez la pâte de haricots dans le bouillon.
6. Retirez la viande, ajoutez les épinards et le soja, puis couvrez avec le bouillon.
7. Laissez cuire pendant 5 minutes, égouttez et disposez le bœuf dans les verrines sous ou sur les légumes.
8. Ajoutez quelques graines de sésame pour la décoration.

SALADE DE DINDE AUX LÉGUMES *

▶ Ingrédients

300 g de blanc de dinde
1 pamplemousse
1 courgette
1 bouquet de basilic
3 c.s. d'huile d'olive
2 c.s. de poivre rose
Sel

Difficulté : Facile
Préparation : 15 mn
Cuisson : 5 mn
Pour 6 personnes

▶ Préparation

1 Faites bouillir de l'eau dans une casserole.

2 Détaillez le blanc de dinde en tronçons et faites-les cuire 5 minutes dans l'eau bouillante.

3 Égouttez-les et disposez-les sur du papier absorbant.

4 Rincez la courgette, coupez-la en deux et, à l'aide d'une mandoline, faites des lanières.

5 Pelez le pamplemousse et faites des suprêmes en ôtant la partie blanche qui recouvre chaque quartier.

6 Rincez les feuilles de basilic.

7 Dans un grand saladier, mélangez tous les ingrédients avec l'huile, le sel et le poivre rose.

8 Disposez dans les verrines et servez.

AGNEAU & COURGETTE AU PARMESAN

Découvrez le croquant de la courgette crue !

▶ Ingrédients

250 g de viande d'agneau
2 courgettes
1 gousse d'ail
100 g de parmesan
2 c.s. d'huile d'olive
1 c.s. de thym
2 c.s. de jus de citron
10 g de beurre
Sel et poivre

Difficulté : Moyen
Préparation : 15 mn
Cuisson : 5 mn
Pour 6 personnes

▶ Préparation

1 Détaillez la viande d'agneau en petits dés.

2 Dans une poêle chauffée à feu vif, faites fondre le beurre et faites saisir l'agneau.

3 Dès qu'il est bien coloré, disposez-le sur du papier absorbant.

4 Pelez la gousse d'ail, dégermez-la et réduisez-la en purée.

5 Râpez finement le parmesan.

6 Mélangez le jus de citron, l'huile, le thym, le parmesan le sel et le poivre.

7 Rincez les courgettes et râpez-les en gros morceaux.

8 Mélangez les courgettes à la préparation à base d'huile et disposez-la au fond des verrines.

9 Ajoutez l'agneau et servez.

! *La courgette crue est délicieuse, mais pour un jeu de saveur, faites cuire une des deux courgettes et mélangez-les.*

BOUDINS NOIRS AUX POMMES *

▶ Ingrédients

3 boudins noirs
6 pommes golden
20 g de beurre
Sel et poivre

Difficulté : Facile
Préparation : 10 mn
Cuisson : 20 mn
Pour 6 personnes

▶ Préparation

1 Pelez les pommes et détaillez-les en cubes.

2 Dans une grande casserole, faites cuire les boudins dans l'eau bouillante une quinzaine de minutes.

3 Débitez les boudins en fins tronçons.

4 Dans une poêle, faites fondre 10 g de beurre et faites revenir les pommes.

5 Lorsque les pommes sont bien fondantes, salez, poivrez et réservez.

6 Disposez des couches de boudins et de pommes aléatoirement dans les verrines et servez.

! *Pour un jeu de saveurs, osez intercaler des boudins antillais délicieusement relevés.*

CRUMBLE DE FOIE GRAS

Une présentation originale et parfumée pour votre foie gras.

▶ Ingrédients

400 g de foie gras
6 poires
1 c.s. de cumin
80 g de farine complète
5 tranches de pain d'épice
40 g de beurre salé
Poivre du moulin

Difficulté : Moyen
Préparation : 15 mn
Cuisson : 8 mn
Pour 6 personnes

▶ Préparation

1 Préchauffez votre four à 180 °C.

2 Émiettez le pain d'épice.

3 Mélangez la farine, le beurre et le pain d'épice jusqu'à obtenir une pâte friable.

4 Disposez les miettes de pâte sur une plaque recouverte de papier sulfurisé et faites cuire quelques minutes jusqu'à ce que la pâte soit dorée.

5 Pelez les poires, détaillez-les, puis poivrez-les.

6 Détaillez le foie gras en gros morceaux.

7 Disposez les poires, le foie gras, et ajoutez la pâte à crumble avant de servir.

SALADE DE FÉVETTES AUX MAGRETS *

Une salade légère et facile à préparer.

▶ Ingrédients

300 g de tranches de magrets de canard
300 g de févettes
2 c.s. d'huile de tournesol
1 gousse d'ail
Sel et poivre

Difficulté : Facile
Préparation : 10 mn
Cuisson : sans
Pour 6 personnes

▶ Préparation

1. Pelez et dégermez la gousse d'ail avant de la réduire en purée.
2. Mélangez l'huile, le sel et le poivre avec la purée d'ail, et ajoutez-y les févettes.
3. Faites de fines lamelles avec les magrets et gardez-en 6 pour la présentation.
4. Disposez les lamelles de magrets au fond des verrines.
5. Ajoutez les févettes et décorez avec la tranche restante.

CRÈME DE LENTILLE & MORTEAU

▶ Ingrédients

2 saucisses de Morteau
80 g de lentilles
80 g de pois chiche
1 oignon
30 cl de crème liquide
Sel et poivre

Difficulté : Facile
Préparation : 15 mn
Cuisson : 20 mn
Pour 6 personnes

▶ Préparation

1. La veille, faites trempez les pois chiches dans 2 fois leur volume d'eau.
2. Égouttez et réservez.
3. Faites cuire les lentilles dans un grand volume d'eau frémissante sans sel pendant 15 à 20 minutes.
4. Égouttez-les et réduisez-les en purée grossière avec les pois chiches. Salez et poivrez.
5. Montez la crème liquide en chantilly et incorporez-la délicatement à la purée.
6. Détaillez les saucisses en dés grossiers puis disposez-les dans les verrines.
7. Recouvrez avec la crème de lentilles et servez.

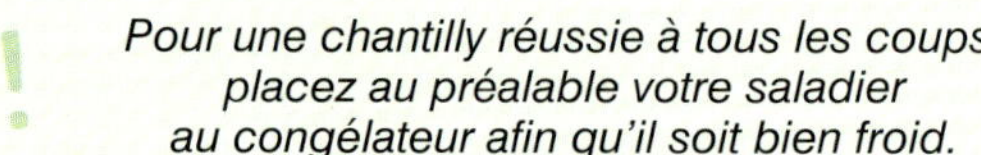

! *Pour une chantilly réussie à tous les coups, placez au préalable votre saladier au congélateur afin qu'il soit bien froid.*

MOUSSE DE MERGUEZ *

▶ Ingrédients

2 merguez
2 petits poivrons
10 cl de crème liquide
1 c.s. de paprika
3 feuilles de gélatine
sel et poivre

Difficulté : Facile
Préparation : 20 mn
Cuisson : 20 mn
Pour 6 personnes

▶ Préparation

1 Faites préchauffer votre four à 210 °C.

2 Faites tremper les feuilles de gélatine dans l'eau froide.

3 Coupez les poivrons en deux, videz-les et placez-les au four.

4 Sortez les poivrons lorsque la peau commence à brunir et laissez-les refroidir avant de les peler.

5 Retirez la peau des merguez et mixez-les avec les poivrons dans le robot, jusqu'à obtenir une préparation homogène.

6 Faites chauffer les poivrons et les merguez à feu doux dans une casserole.

7 Incorporez la gélatine, le sel et le poivre hors du feu.

8 Montez la crème liquide en chantilly avec le paprika. Incorporez délicatement la chantilly à la purée de poivron.

9 Disposez sur les cuillères et laissez prendre au réfrigérateur avant de servir.

ASPERGES & CHORIZO

Délicieusement surprenant, laissez-vous tenter !

▶ Ingrédients

24 asperges vertes
150 g de chorizo
1 gousse d'ail
2 c.s. d'huile d'olive
sel et poivre

Difficulté : Facile
Préparation : 10 mn
Cuisson : 20 mn
Pour 6 personnes

▶ Préparation

1 Retirez la partie dure des asperges et séparez les têtes du reste.

2 Dans une casserole, portez de l'eau à ébullition et faites bouillir les asperges pendant 20 minutes.

3 Pelez, dégermez l'ail et réduisez-le en purée.

4 Dans le bol d'un mixeur, déposez les tiges des asperges avec l'huile d'olive, l'ail, le sel et le poivre, et mixez jusqu'à ce que vous obteniez une purée homogène.

5 Hachez grossièrement le chorizo.

6 Disposez la purée dans les cuillères et ajoutez les têtes d'asperge et le chorizo avant de servir.

! *Pour ne garder que la partie tendre des asperges, pliez-les jusqu'à ce qu'elles cassent et jetez les bouts.*

PURÉE DE CHOU-FLEUR AUX LARDONS *

▶ Ingrédients

400 g de chou-fleur
100 g de pommes de terre
2 c.s. de crème fraîche
1 pincée de muscade
50 g de comté râpé
150 g de lardons
10 g de beurre
Sel et poivre

Difficulté : Facile
Préparation : 20 mn
Cuisson : 25 mn
Pour 6 personnes

▶ Préparation

1. Dans une poêle, faites fondre le beurre à feu vif et faites revenir les lardons jusqu'à ce qu'ils deviennent croustillants.
2. Disposez-les sur du papier absorbant et réservez.
3. Rincez le chou-fleur et détaillez-le en morceaux.
4. Pelez les pommes de terre et détaillez-les également en morceaux.
5. Faites bouillir les légumes dans un grand volume d'eau pendant 20 minutes.
6. Égouttez-les et réduisez-les en purée avant de les faire chauffer à feu doux pendant 5 minutes dans une casserole.
7. Ajoutez la crème, le fromage, le beurre et la muscade puis mélangez.
8. Ajoutez les lardons et servez dans les verrines.

PARMENTIER DE JAMBON

Une version moderne d'un grand classique.

▶ Ingrédients

200 g de pommes de terre
200 g de patates douces
250 g de jambon blanc
1 c.s. de curry
2 c.s. de fromage blanc
2 c.s. d'huile d'arachide
Sel et poivre

Difficulté : Facile
Préparation : 10 mn
Cuisson : 20 mn
Pour 6 personnes

▶ Préparation

1. Pelez les légumes et détaillez-les en dés.
2. Faites-les bouillir dans un grand volume d'eau pendant 20 minutes.
3. Égouttez-les et réduisez-les en purée avant de les faire chauffer à feu doux pendant 5 minutes dans une casserole.
4. Hachez finement le jambon.
5. Ajoutez le fromage blanc, l'huile, le curry le sel et le poivre puis mélangez.
6. Disposez le jambon au fond des verrines, recouvrez avec la purée et servez.

Ne passez pas votre purée au mixeur sinon elle deviendra collante.

BOUCHÉES DE MAGRET DE CANARD *

Classique, délicieux et indémodable.

▶ Ingrédients

100 g de magret de canard

10 échalotes

10 cl de vinaigre de vin

80 g de sucre roux

1 c.s. de graines de coriandre

Difficulté : Moyen
Préparation : 10 mn
Cuisson : 50 mn
Pour 6 personnes

▶ Préparation

1. Entaillez avec la pointe d'un couteau la peau du magret.
2. Dans une poêle, faites cuire le magret côté peau pendant 8 minutes à feu vif, puis 2 minutes côté chair.
3. Détaillez-le en tranches fines et réservez. Pelez et émincez les échalotes.
4. Écrasez grossièrement les graines de coriandre.
5. Dans une poêle, portez le vinaigre, le sucre et les échalotes à ébullition ; baissez alors l'intensité et laissez cuire à feu doux pendant 40 minutes en mélangeant régulièrement.
6. Ajoutez les graines de coriandre et laissez refroidir.
7. Disposez dans les cuillères et ajoutez une tranche de magret avant de servir.

! *Utilisez des magrets fumés si vous n'avez pas le courage de faire des tranches avec la viande.*

SERRANO, FIGUES & NOISETTES

▶ Ingrédients

2 tranches de serrano

3 figues

20 g de noisettes émondées

1 c.c. d'origan

2 c.s. d'huile de noisette

Poivre

Difficulté : Facile
Préparation : 10 mn
Cuisson : 5 mn
Pour 6 personnes

▶ Préparation

1. Rincez les figues et coupez-les en quatre.
2. Dans une poêle, faites chauffer à sec et à feu vif les noisettes pendant 5 minutes en remuant régulièrement.
3. Hachez grossièrement les noisettes.
4. Coupez le jambon en fines lanières et déposez-les dans les cuillères.
5. Ajoutez un quartier de figues, saupoudrez avec les noisettes, l'origan et le poivre, et versez un peu d'huile avant de servir.

POULET MARINÉ AU COCO*

Une cuillère qui vous emporte la bouche... vers le paradis !

► Ingrédients

2 blancs de poulet
10 cl de lait de coco
2 c.s. de jus de citron vert
1 piment rouge
1 tige de citronnelle
1 c.s. d'huile d'arachide
Sel et poivre

Difficulté : Moyen
Préparation : 15 mn
Cuisson : 5 mn
Pour 6 personnes

► Préparation

1. Rincez puis hachez finement le piment et la citronnelle.
2. Mélangez le lait de coco avec le jus de citron, l'huile, le piment, la citronnelle, le sel et le poivre.
3. Détaillez le poulet en petits dés réguliers.
4. Faites mariner le poulet dans le mélange dans un sac congélation au frais pendant 2 heures.
5. Égouttez le poulet et faites-le cuire à la vapeur dans un panier recouvert de papier sulfurisé.
6. Disposez dans les cuillères avec la marinade et servez.

BŒUF AU PARMESAN

► Ingrédients

12 tranches de bœuf pour carpaccio
30 g de parmesan
2 tomates
4 feuilles de basilic
1 c.s. d'huile d'olive
1 c.c. de vinaigre balsamique
1 pincée de sucre
Sel et poivre

Difficulté : Moyen
Préparation : 20 mn
Cuisson : 15 mn
Pour 6 personnes

► Préparation

1. Rincez les tomates et hachez-les grossièrement.
2. Rincez puis hachez finement les feuilles de basilic.
3. Dans une casserole, disposez les tomates avec les feuilles de basilic, le sucre et un peu d'eau, et faites chauffer à feu doux.
4. Lorsque les tomates sont bien fondues, retirez l'ensemble du feu et ajoutez le vinaigre.
5. Râpez le parmesan en copeaux.
6. Disposez la purée de tomates dans les cuillères avec une tranche de bœuf et les copeaux de parmesan avant de servir.

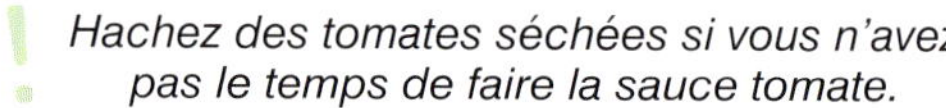

! *Hachez des tomates séchées si vous n'avez pas le temps de faire la sauce tomate.*

FOIE GRAS & CHUTNEY DE MANGUE *

▶ Ingrédients

200 g de foie gras
1 mangue
1 petit oignon
10 cl de vinaigre de vin blanc
3 c.s. de sucre
1 piment oiseau
1 c.c. de gingembre râpé
Sel et poivre

Difficulté : Moyen
Préparation : 20 mn
Cuisson : 40 mn
Pour 6 personnes

▶ Préparation

Pelez la mangue et détaillez-la en petits cubes.

Pelez l'oignon et débitez-le en fines lamelles.

Hachez finement le piment.

Dans une casserole, portez les fruits à ébullition avec le vinaigre, le sucre, le sel et le gingembre.

Laissez cuire à feu doux pendant 40 minutes en remuant régulièrement.

Laissez refroidir hors du feu et disposez dans les cuillères.

Faites des copeaux de foie gras, disposez-les sur le chutney, poivrez et servez.

Le foie gras se marie très bien avec les chutneys de fruits. Les litchis au curry lui confèrent une saveur surprenante.

BOUDIN BLANC AUX POMMES

Pour changer du classique pomme boudin noir.

▶ Ingrédients

6 petits boudins blancs apéritifs
1 pomme
3 tranches de poitrine fumée
10 g de beurre salé
Poivre

Difficulté : Facile
Préparation : 15 mn
Cuisson : 10 mn
Pour 6 personnes

▶ Préparation

1 Coupez les tranches de poitrine en deux et réservez.

2 Pelez et détaillez les pommes en 12 portions identiques.

3 Dans une poêle, faites fondre le beurre à feu vif et faites revenir les pommes des deux côtés.

4 Coupez les boudins en deux et enroulez-les avec la poitrine.

5 Retirez les pommes et faites cuire les boudins quelques minutes.

6 Disposez un morceau de pomme dans les cuillères, ajoutez les boudins, poivrez et servez.

CRUMBLE DE THON *

Aussi bon chaud que froid, vous serez conquis !

▶ Ingrédients

350 g de thon en boîte
100 g de farine
50 g de beurre salé
50 g de parmesan
3 c.s. de moutarde à l'ancienne
3 c.s. d'huile d'olive
1 branche de romarin
2 poivrons rouges

Difficulté : Facile
Préparation : 20 mn
Cuisson : 20 mn
Pour 6 personnes

▶ Préparation

1. Faites préchauffer votre four à 200 °C et râpez finement le parmesan.
2. Avec les doigts, mélangez dans un saladier la farine, le beurre et le parmesan pour obtenir une pâte friable.
3. Coupez les poivrons en deux et retirez les graines.
4. Disposez-les au four, peau vers le haut, et laissez-la brunir.
5. Retirez les poivrons du four et enveloppez-les dans du papier d'aluminium pendant 15 minutes, puis retirez la peau.
6. Déposez les miettes de pâte sur une plaque recouverte de papier sulfurisé et déposez-la au four. Retirez dès que les miettes sont dorées.
7. Disposez la branche de romarin dans l'huile et laissez mariner.Mélangez le thon avec la moutarde à l'ancienne.
8. Détaillez les poivrons en lanières et disposez-les au fond des verrines avec l'huile parfumée.
9. Recouvrez avec le thon, les miettes de crumble et servez.

ROUGETS & TAPENADES

▶ Ingrédients

12 filets de rougets
150 g de tapenade d'olives noires
60 g de tapenade d'olives vertes
100 g de cressins
20 g de cerneaux de noix
2 c.s. d'huile de noix

Difficulté : Facile
Préparation : 5 mn
Cuisson : 6 mn
Pour 6 personnes

▶ Préparation

1. Faites cuire les filets côté peau sur une plaque de cuisson type gril et réservez.
2. Hachez grossièrement les noix et incorporez-les à la tapenade noire.
3. Réduisez les cressins en morceaux.
4. Déposez la tapenade d'olives noires au fond des verrines.
5. Ajoutez les cressins, la tapenade verte et les rougets.
6. Versez l'huile et servez.

Vous pouvez remplacez les tapenades par du houmous ou des caviars de légumes.

CRÈME DE PLEUROTES AU FLÉTAN

Un mariage subtil pour une crème très parfumée.

▶ Ingrédients

200 g de flétan fumé
300 g de pleurotes
60 cl de bouillon de légumes
2 c.s. de crème fraîche
20 g de beurre
Sel et poivre

Difficulté : Moyen
Préparation : 20 mn
Cuisson : 15 mn
Pour 6 personnes

▶ Préparation

1. Émincez le flétan en lamelles
2. Coupez la partie terreuse des pieds des pleurotes et rincez-les avant de les détailler en fines lamelles.
3. Dans une casserole, faites fondre le beurre à feu vif et faites revenir les champignons jusqu'à ce qu'ils soient bien dorés et que l'eau se soit évaporée.
4. Ajoutez le bouillon de légumes et portez à ébullition, puis laissez refroidir.
5. Mixez les champignons avec la crème fraîche, le sel et le poivre jusqu'à obtenir une soupe onctueuse.
6. Faites réchauffer avant de disposer dans les verrines et de recouvrir des lamelles de flétan fumé.

SAUMON FAÇON CAPPUCCINO *

▶ Ingrédients

300 g de filet de saumon
1 grosse boîte d'œufs de saumon
40 cl de crème liquide
100 g de pécorino
60 cl de bouillon de légumes
Sel et poivre

Difficulté : Facile
Préparation : 15 mn
Cuisson : 8 mn
Pour 6 personnes

▶ Préparation

1. Dans une grande casserole, portez le bouillon à ébullition.
2. Faites cuire les filets de saumon dans le bouillon.
3. Égouttez-les et détaillez-les.
4. Râpez le pécorino finement.
5. Montez la crème liquide en chantilly avec une pincée de sel.
6. Incorporez délicatement le pécorino à la chantilly.
7. Disposez le saumon au fond des verrines, salez et poivrez, puis recouvrez de chantilly et d'œufs de saumon avant de servir.

Pour une saveur différente, utilisez la moitié de saumon frais et l'autre de saumon fumé.

CREVETTES & AVOCAT*

▶ Ingrédients

36 crevettes roses
2 petits avocats
½ bouquet de coriandre
1 c.s. de jus de citron
2 c.s. d'huile d'arachide
1 c.c. d'huile de sésame
Sel et poivre

Difficulté : Facile
Préparation : 10 mn
Cuisson : sans
Pour 6 personnes

▶ Préparation

1 Décortiquez les crevettes et piquez-les par 3 sur des baguettes de bois.

2 Mixez la coriandre avec les huiles, le jus de citron, le sel et le poivre.

3 Pelez les avocats et détaillez-les en dés avant de les mélanger avec la préparation à base d'huile.

4 Disposez l'avocat au fond des verrines et ajoutez les crevettes avant de servir.

CRABES EN CŒURS DE PALMIER

Une façon originale de déguster les cœurs de palmier.

▶ Ingrédients

300 g de chair de crabe
200 g de cœurs de palmier
2 c.s. de jus d'orange
1 c.c. de cumin en poudre
3 c.s. d'huile de tournesol
Sel et poivre

Difficulté : Facile
Préparation : 10 mn
Cuisson : sans
Pour 6 personnes

▶ Préparation

1 Émiettez la chair de crabe et réservez.

2 Hachez grossièrement les cœurs de palmier.

3 Mélangez le jus d'orange, l'huile, le sel et le poivre avec le cumin, et ajoutez aux morceaux de palmier.

4 Disposez les cœurs de palmier dans les verrines, ajoutez le crabe et servez.

Faites attention à bien ôter tous les petits cartilages dans la chair de crabe.

SAINT-JACQUES AUX LENTILLES *

Une entrée raffinée et iodée qui ravira vos convives.

▶ Ingrédients

300 g de noix de Saint-Jacques
150 g de lentilles
30 cl de bouillon de poisson
4 feuilles de gélatine
50 g de pistaches émondées
Sarriette
Sel et poivre

Difficulté : Facile
Préparation : 30 mn
Cuisson : 10 mn
Pour 6 personnes

▶ Préparation

1. Faites cuire les lentilles dans un grand volume d'eau frémissante, sans sel, pendant 15 à 20 minutes.
2. Égouttez-les et réservez.
3. Détaillez les Saint-Jacques en 4.
4. Faites chauffer le bouillon avec les noix de Saint-Jacques jusqu'à ébullition puis réservez.
5. Faites tremper la moitié des feuilles de gélatine dans l'eau froide, égouttez-les et ajoutez-les à la moitié du bouillon.
6. Disposez les lentilles au fond des verrines, couvrez avec le bouillon et laissez prendre au réfrigérateur.
7. Faites la même chose avec les Saint-Jacques.
8. Hachez grossièrement les pistaches et la sarriette, et disposez sur les verrines avant de servir.

MOULES EN SUSPENSION

▶ Ingrédients

30 moules
30 cl de bouillon de légumes
10 cl de vin blanc
1 oignon nouveau

Difficulté : Facile
Préparation : 15 mn
Cuisson : 10 mn
Pour 6 personnes

▶ Préparation

1. Grattez les moules et passez-les sous l'eau.
2. Faites ouvrir les moules dans une grande casserole à feu vif avec un peu d'eau, puis séparez-les de leurs coquilles.
3. Hachez finement l'oignon nouveau.
4. Faites chauffez le bouillon sans le porter à ébullition.
5. Faites tremper les feuilles de gélatine dans l'eau froide, égouttez-les et ajoutez-les au bouillon.
6. Disposez les moules et l'oignon dans les verrines et couvrez avec le bouillon.
7. Laissez prendre au réfrigérateur et servez.

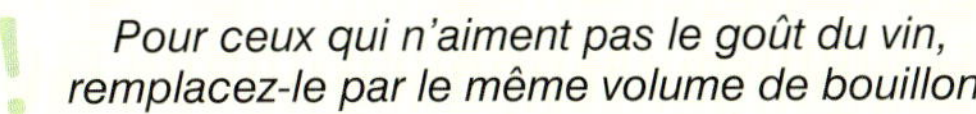

! *Pour ceux qui n'aiment pas le goût du vin, remplacez-le par le même volume de bouillon.*

BOUCHÉES DE SOLE *

Une cuillère particulièrement riche en saveurs.

▶ Ingrédients

6 filets de sole
12 tranches de poitrine
1 poireau
1 c.s. d'huile d'olive
Sel et poivre

Difficulté : Facile
Préparation : 15 mn
Cuisson : 15 mn
Pour 6 personnes

▶ Préparation

1 Rincez le poireau, coupez-le en deux et hachez-le grossièrement.

2 Dans une poêle, faites chauffer l'huile à feu vif, déposez le poireau et ajoutez un demi-verre d'eau avant de couvrir et de laisser fondre à feu doux pendant 10 minutes en remuant de temps en temps.

3 Égouttez le poireau et réservez.

4 Coupez les filets en deux et déposez une tranche de poitrine sur chaque poisson, puis roulez-les.

5 Fixez-les à l'aide d'un cure-dent et faites-les cuire 5 minutes à la vapeur dans un panier recouvert de papier sulfurisé.

6 Retirez les cure-dents, déposez le poireau dans les cuillères et ajoutez un filet de sole avant de servir.

ROULÉS D'ARAIGNÉE

▶ Ingrédients

100 g de chair d'araignée de mer
1 courgette
10 cl de crème liquide
½ pamplemousse
12 feuilles de coriandre
Sel et poivre

Difficulté : Chef
Préparation : 20 mn
Cuisson : 3 mn
Pour 6 personnes

▶ Préparation

1 Rincez la courgette, coupez-la en deux et, à l'aide d'une mandoline, faites 12 fines tranches.

2 Faites chauffer une casserole d'eau bouillante, plongez les courgettes quelques secondes pour les blanchir, puis passez-les sous l'eau froide et disposez-les sur du papier absorbant.

3 Prélevez des suprêmes dans le pamplemousse en retirant la peau des quartiers et hachez-les grossièrement.

4 Rincez puis hachez finement la coriandre. Détaillez la chair de l'araignée, salez et poivrez. Montez la crème liquide en chantilly.

5 Incorporez délicatement l'araignée, la coriandre et le pamplemousse à la chantilly.

6 Roulez les courgettes sur elles-mêmes, disposez-les dans les cuillères et remplissez-les avec la farce avant de servir.

! *Comme le crabe, l'araignée est pleine de cartilage ; faites donc attention à bien retirer tous les morceaux.*

MIMOSA DE BULOT AUX ANCHOIS *

▶ Ingrédients

6 œufs de caille
12 bulots cuits
3 anchois
1 œuf
2 c.s. d'huile d'olive
Sel et poivre

Difficulté : Moyen
Préparation : 15 mn
Cuisson : 3 mn
Pour 6 personnes

▶ Préparation

1. Récupérez la chair des bulots à l'aide d'un cure-dent et réservez.
2. Dans une casserole, faites durcir les œufs de caille, retirez la coquille, coupez-les en deux et séparez les jaunes des blancs.
3. Dans un bol, réduisez les anchois en purée.
4. Ajoutez l'œuf, le sel et le poivre, puis l'huile petit à petit, et montez en mayonnaise.
5. Écrasez les jaunes d'œufs de caille et ajoutez un peu de mayonnaise.
6. Disposez la mayonnaise au fond des cuillères, ajoutez le blanc d'œuf dessus et garnissez-le avec un bulot et le mélange mayonnaise/jaune.
7. Servez immédiatement.

! *Pour écaler les œufs facilement, faites-le sous un filet d'eau froide.*

TOMATES-CERISES FARCIES AU COLIN

Une cuillère printanière pour une mise en bouche légère.

▶ Ingrédients

12 tomates-cerises
½ filet de colin
1 c.c. de graines d'anis
10 cl de crème liquide
Sel et poivre

Difficulté : Moyen
Préparation : 15 mn
Cuisson : 5 mn
Pour 6 personnes

▶ Préparation

1. Dans une casserole d'eau portée à ébullition, faites cuire le poisson.
2. Égouttez-le, réduisez-le en miettes, salez et poivrez.
3. Réduisez les graines d'anis en poudre et incorporez-la au poisson.
4. Ôtez la partie supérieure des tomates, retirez le fond de manière à ce qu'elles puissent tenir droit sans tomber, et videz-les avec le manche d'une petite cuillère.
5. Montez la crème en chantilly et ajoutez-la délicatement au poisson.
6. Remplissez les tomates, déposez-les dans les cuillères et servez frais.

MI-CUIT DE THON

▶ Ingrédients

200 g de thon
75 g de blé
50 g de brocoli
2 c.s. de crème fraîche
1 c.s. d'huile de sésame
1 c.s. d'huile d'arachide
1 c.c. de graines de sésame
Sel et poivre

Difficulté : Moyen
Préparation : 15 mn
Cuisson : 30 mn
Pour 6 personnes

▶ Préparation

1 Faites cuire le blé dans une grande casserole d'eau, égouttez-le et réservez.

2 Rincez le brocoli et faites-le cuire à la vapeur pendant 15 minutes dans un panier recouvert de papier sulfurisé.

3 Réduisez le brocoli en purée et mélangez-le au blé et à la crème fraîche, salez et poivrez.

4 Dans une poêle, faites chauffer à feu vif l'huile d'arachide et déposez la tranche de thon 1 minute de chaque côté.

5 Détaillez le thon en dés réguliers.

6 Placez la purée dans les cuillères, ajoutez le thon, versez un peu d'huile sur chaque morceau, saupoudrez de graines de sésame et servez.

RILLETTES DE THON

Facile et rapide à préparer, régalez-vous !

▶ Ingrédients

200 g de thon en boîte
1 portion de fromage frais
1 c.s. de paprika
Sel et poivre
1 endive
2 tomates

Difficulté : Facile
Préparation : 20 mn
Cuisson : 25 mn
Pour 6 personnes

▶ Préparation

1 Rincez les légumes, effeuillez l'endive et détaillez les tomates en quartiers.

2 Égouttez le thon.

3 Avec une fourchette mélangez le fromage, le paprika, le sel et le poivre.

4 Ajoutez le thon et mélangez.

5 Servez dans les cuillères avec une feuille d'endive ou un morceau de tomate.

SAUMON MARINÉ AUX NOIX *

▶ Ingrédients

2 tranches de saumon fumé

½ citron

2 c.s. d'huile de noix

6 cerneaux de noix

Sel et poivre

Difficulté : Facile
Préparation : 5 mn
Cuisson : sans
Pour 6 personnes

▶ Préparation

1 Détaillez le saumon en lanières.

2 Prélevez le jus du citron.

3 Hachez grossièrement les noix.

4 Dans un sac congélation, disposez les lanières de saumon avec l'huile, le jus du citron, les noix, le sel et le poivre.

5 Laissez mariner au réfrigérateur quelques heures.

6 Disposez dans les cuillères et servez.

! *Remplacez le saumon régulier par des poissons fumés plus exotiques pour des cuillères pleines de surprises.*

DATTES FARCIES

Une surprenante note sucrée salée !

▶ Ingrédients

12 dattes

200 g de rillettes de saumon

½ citron

½ bouquet de coriandre

Sel et poivre

Difficulté : Facile
Préparation : 10 mn
Cuisson : sans
Pour 6 personnes

▶ Préparation

1 Prélevez le zeste et le jus du citron.

2 Ouvrez les dattes en deux et retirez le noyau.

3 Hachez finement la coriandre et ajoutez-la aux rillettes avec les zestes, le jus de citron, le sel et le poivre.

4 Farcissez les dattes et disposez-les sur les cuillères avant de servir frais.

! *Saveur particulière, si vous avez peur de ne pas être à la hauteur avec vos cuillères, remplacez les dattes par des concombres évidés.*

BOUCHÉES DE LANGOUSTINES AU MIEL *

Une cuillère aux allures très orientales.

▶ Ingrédients

12 langoustines
12 carrés de pâte won-ton
10 g de gingembre frais
4 c.s. de miel
1 c.c. de sauce soja
Sel et poivre

Difficulté : Chef
Préparation : 15 mn
Cuisson : 2 mn
Pour 6 personnes

▶ Préparation

1 Râpez le gingembre finement.

2 Disposez les feuilles de ravioli sur le plan de travail.

3 Déposez la chair des langoustines au centre du carré avec un peu de gingembre, de sel et de poivre.

4 Humidifiez les bords de la pâte won-ton et refermez en accolant les parties humides.

5 Dans une casserole, faites bouillir de l'eau et laissez cuire les raviolis pendant 2 minutes. Égouttez et réservez.

6 Mélangez le miel et la sauce soja.

7 Disposez les raviolis dans les cuillères, nappez avec le miel et servez.

! *Si vos écrevisses sont crues, laissez cuire 2 minutes de plus.*

HUÎTRES AU CONFIT D'AGRUMES

▶ Ingrédients

2 pamplemousses
1 c.s. de miel
12 huîtres
1 c.s. de vinaigre balsamique

Difficulté : Moyen
Préparation : 15 mn
Cuisson : 5 mn
Pour 6 personnes

▶ Préparation

1 Récupérez l'eau des huîtres et détachez la chair des coquilles.

2 Faites des suprêmes de pamplemousse en retirant la pellicule blanche qui entoure chaque quartier.

3 Dans une poêle, faites chauffer le miel à feu doux pendant quelques minutes, puis ajoutez les pamplemousses et laissez cuire en remuant.

4 Hors du feu ajoutez le vinaigre, l'eau des huîtres, le sel et le poivre, puis laissez tiédir.

5 Disposez la marmelade dans les cuillères, ajoutez les huîtres et servez.

CRUMBLE TOMATE*

▶ Ingrédients

100 g de tomates séchées
1 courgette
100 g de farine complète
50 g de beurre salé
5O g de parmesan
50 g de gorgonzola
Sel et poivre

Difficulté : Facile
Préparation : 15 mn
Cuisson : 8 mn
Pour 6 personnes

▶ Préparation

1 Faites préchauffer votre four à 180 °C.

2 Râpez le parmesan finement et râpez grossièrement le gorgonzola.

3 Dans un saladier, mélangez avec les doigts la farine, le beurre et le parmesan jusqu'à obtention d'une pâte friable.

4 Disposez les miettes de pâte sur une plaque recouverte de papier sulfurisé et enfournez.

5 Retirez lorsque les miettes sont dorées, et disposez le gorgonzola dessus.

6 Lavez les courgettes et détaillez-les en tronçons.

7 Disposez les tomates et les courgettes au fond des verrines, recouvrez avec les miettes de crumble et servez.

SORBET D'AUBERGINE

Une verrine méditerranéenne très rafraîchissante.

▶ Ingrédients

2 grosses aubergines
½ bouquet de coriandre
100 g de pécorino
5 cl d'huile d'olive
3 c.s. de sirop de sucre
Sel et poivre

Difficulté : Chef
Préparation : 15 mn
Cuisson : 10 mn
Pour 6 personnes

▶ Préparation

1 Retirez les extrémités des aubergines, coupez-les en lamelles et faites-les bouillir 10 minutes dans une grande casserole d'eau salée.

2 Égouttez-les et déposez-les dans le robot avec l'huile d'olive, le sel, le poivre, la coriandre, le pécorino et le sirop de sucre, et mixez.

3 Versez le mélange dans une sorbetière et laissez prendre au congélateur.

4 Lorsque le mélange épaissit, versez dans les verrines et déposez au congélateur.

5 Servez 5 à 10 minutes après la sortie du congélateur.

! *Idéal et rafraîchissant l'été, vous pouvez décliner ce sorbet avec d'autres légumes pour des entrées surprenantes.*

SOUPE DE CÉLERI AU CAVIAR *

Ingrédients

1 branche de céleri
¼ de céleri rave
1 petit pot de caviar
1 oignon
1 pomme de terre
60 cl de bouillon de poisson
15 cl de crème liquide
Sel et poivre

Difficulté : Moyen
Préparation : 15 mn
Cuisson : 15 mn
Pour 6 personnes

Préparation

1. Pelez les légumes et détaillez-les en petits morceaux.
2. Disposez-les avec le bouillon dans une casserole.
3. Portez à ébullition jusqu'à ce que les légumes soient tendres.
4. Ajoutez la crème liquide, salez, poivrez et mixez jusqu'à obtenir une préparation homogène.
5. Versez dans les verrines et ajoutez un peu de caviar sur le dessus avant de servir.

! *Si le caviar est trop cher, ne le remplacez pas par des œufs de lump, mais optez pour ceux de saumon qui permettront de conserver son côté chic à cette recette.*

MOUSSE D'ÉPINARDS

Les épinards sont raffinés ? Mais oui, en voici la preuve.

Ingrédients

500 g d'épinards
2 œufs + 1 jaune
50 cl de crème liquide
30 g d'amandes effilées
10 g de beurre
Sel et poivre

Difficulté : Chef
Préparation : 20 mn
Cuisson : 40 mn
Pour 6 personnes

Préparation

1. Faites préchauffer votre four à 180 °C.
2. Faites fondre le beurre dans une casserole et faites réduire les épinards.
3. Une fois cuits, pressez-les pour retirer le maximum d'eau.
4. Mixez-les avec les œufs, la crème, le sel et le poivre, jusqu'à obtenir une préparation homogène.
5. Ajoutez les amandes, versez dans les verrines sans les remplir et disposez-les dans un plat creux allant au four que vous remplirez à moitié d'eau.
6. Disposez au four et faites cuire une demi-heure.
7. Sortez et laissez refroidir avant de servir.

CONSOMMÉ DE ROQUETTE *

Légèrement poivrée et très désaltérante, une préparation séduisante.

▶ Ingrédients

500 g de roquette
1 oignon
15 cl de crème liquide
60 cl de bouillon de légumes
1 c.s. de jus de citron
1 noix de beurre
Sel et poivre

Difficulté : Facile
Préparation : 15 mn
Cuisson : 10 mn
Pour 6 personnes

▶ Préparation

1 Rincez la roquette et réservez.

2 Pelez l'oignon et détaillez-le en fines lamelles.

3 Faites fondre le beurre à feu vif et faites blondir les oignons.

4 Ajoutez la roquette et laissez fondre quelques minutes.

5 Mixez tous les ingrédients et disposez dans les verrines.

6 Laissez refroidir, puis servez.

SOUPE DE POMMES DE TERRE À LA MENTHE

▶ Ingrédients

500 g de pomme de terre
½ bouquet de menthe
30 cl de bouillon de volaille
15 cl de lait de coco
Sel et poivre

Difficulté : Facile
Préparation : 10 mn
Cuisson : 15 mn
Pour 6 personnes

▶ Préparation

1 Pelez les pommes de terre et détaillez-les.

2 Disposez les pommes de terre dans un grand volume d'eau et faites-les bouillir.

3 Retirez-les lorsqu'elles sont tendres et ajoutez-les au bouillon, à la crème et à la menthe.

4 Salez, poivrez puis mixez jusqu'à obtenir une préparation homogène.

5 Versez dans les verrines et servez.

! *Surprenante, cette soupe se décline parfaitement en remplaçant la menthe par de la coriandre ou de la sauge.*

CROQUETTES DE COMTÉ AU CARVI *

Un plaisir pour les grands et les petits !

Ingrédients

500 g de pommes de terre
300 g de comté
2 c.s. de graines de carvi
2 œufs
5 cl de lait
100 g de farine
100 g de chapelure
Poivre

Difficulté : Moyen
Préparation : 20 mn
Cuisson : 15 mn
Pour 6 personnes

Préparation

Pelez puis faites cuire les pommes de terre dans un grand volume d'eau.

Lorsqu'elles sont cuites, égouttez-les puis réduisez-les en purée en ajoutant le poivre et le lait, puis laissez refroidir.

Réduisez les graines de carvi en poudre et ajoutez la poudre à la chapelure.

Détaillez le fromage en cubes réguliers.

Battez les œufs en omelette.

Recouvrez le comté de purée froide, puis passez les croquettes tour à tour dans la farine, dans l'œuf puis la chapelure.

Faites frire jusqu'à ce que la chapelure soit dorée, retirez alors les croquettes et égouttez-les sur du papier absorbant.

Faites réchauffer quelques secondes au four à micro-ondes avant de servir dans les verrines.

CHÈVRE FRAIS AUX MYRTILLES

Ingrédients

300 g de chèvre frais
150 g de myrtilles
5 cl de vodka
Poivre

Difficulté : Facile
Préparation : 5 mn
Cuisson : 20 mn
Pour 6 personnes

Préparation

1. Dans une casserole, faites chauffer à feu doux les myrtilles avec le même volume d'eau.
2. Lorsque l'eau a presque disparu, ajoutez la vodka et poivrez généreusement.
3. Laissez cuire encore 5 minutes, puis retirez du feu et laissez refroidir.
4. Disposez la compote de myrtilles au fond des verrines, ajoutez le fromage et servez.

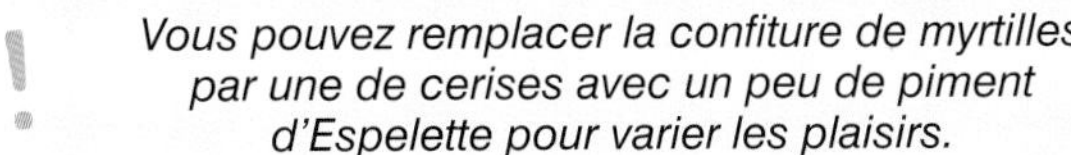

! *Vous pouvez remplacer la confiture de myrtilles par une de cerises avec un peu de piment d'Espelette pour varier les plaisirs.*

TOMATES MOZZA*

▶ Ingrédients

12 tomates-cerises
12 petites billes de mozzarella
1 c.s. d'huile d'olive
20 g de parmesan
Sel et poivre

Difficulté : Facile
Préparation : 10 mn
Cuisson : sans
Pour 6 personnes

▶ Préparation

1. Rincez les tomates et coupez-les en tranches.
2. Coupez les billes de mozzarella en autant de tranches que les tomates.
3. Râpez finement le parmesan.
4. Dans un bol, mélangez le parmesan avec l'huile d'olive, le sel et le poivre.
5. Disposez alternativement les tranches de mozzarella et de tomates dans les cuillères.
6. Nappez avec le mélange d'huile et de parmesan, et servez.

! *Diversifiez les saveurs et les couleurs avec les différentes variétés de tomates.*

RISOTTO AU CÈPE & AUX ŒUFS DE CAILLE.

Les œufs de caille sont très pratiques pour les mini préparations

▶ Ingrédients

12 œufs de caille
75 g de riz arborio
30 cl de bouillon de volaille
1 cèpe
2 oignons grelots
1 c.s. de crème fraîche
10 g de beurre
Sel et poivre

Difficulté : Chef
Préparation : 10 mn
Cuisson : 20 mn
Pour 6 personnes

▶ Préparation

1. Pelez les oignons et hachez-les finement.
2. Coupez les parties terreuses du cèpe et rincez-le avant de le hacher finement.
3. Dans une poêle, faites fondre le beurre à feu vif et ajoutez le riz et l'oignon en mélangeant de manière à bien recouvrir chaque grain de beurre fondu.
4. Baissez le feu et ajoutez le bouillon petit à petit, en plusieurs étapes (attendez qu'il ait été absorbé avant d'en remettre).
5. Ajoutez le cèpe et la crème fraîche, couvrez et retirez du feu.
6. Dans une casserole d'eau bouillante, plongez les œufs pendant 2 ½ minutes.
7. Écalez-les et réservez.
8. Disposez le risotto dans les cuillères, ajoutez l'œuf et servez.

ŒUF COCOTTE & OIGNONS ROUGES *

▶ Ingrédients

6 œufs
1 oignon rouge
40cl de crème liquide
6 feuilles de basilic
Sel et poivre

Difficulté : Facile
Préparation : 10 mn
Cuisson : 8 mn
Pour 6 personnes

▶ Préparation

1 Faites préchauffer votre four à 200°C.

2 Pelez et hachez l'oignon finement.

3 Mélangez la crème avec l'oignon, le sel et le poivre.

4 Disposez la crème et les œufs dans les verrines et disposez-les dans un grand plat empli à moitié d'eau que vous enfournerez.

5 Dès que le le blanc est pris, sortez du four et servez.

! *Vous pouvez remplacer l'œuf par deux ou trois œufs de caille, mais dans ce cas, faites cuire moins longtemps*

BRIE DE MEAUX & NOIX

Un accord parfait et une présentation agréable.

▶ Ingrédients

400 g de brie de Meaux
200 g de cerneaux de noix
300 g de roquette
1 c.s. d'huile de noix
Sel et poivre

Difficulté : Facile
Préparation : 10 mn
Cuisson : 5 mn
Pour 6 personnes

▶ Préparation

1 Dans une poêle faites revenir les cerneaux de noix en les remuant régulièrement.

2 Hachez-les et réservez.

3 Détaillez le brie en petits dés.

4 Disposez la roquette dans les verrines, ajoutez l'huile, le sel et le poivre.

5 Ajoutez le brie et les cerneaux de noix et servez.

GRANITÉ DE TOMATES *

À déguster à l'ombre d'un arbre en plein été !

▶ Ingrédients

700 g de tomates
1 citron
½ bouquet de basilic
2 c.s. d'huile d'olive
1cs de tapenade verte
Tabasco vert
Sel et poivre

Difficulté : Facile
Préparation : 20 mn
Cuisson : 1 mn
Pour 6 personnes

▶ Préparation

1. Mondez les tomates en les plongeant quelques secondes dans l'eau bouillante.
2. Pelez-les, retirez les graines et réservez la chair.
3. Prélevez le jus du citron.
4. Disposez les tomates, avec le basilic, la tapenande, le jus de citron, le sel et le poivre dans le bol d'un robot et mixez jusqu'à obtenir une préparation homogène.
5. Disposez la préparation dans une sorbetière et placez-la au congélateur.
6. Mélangez l'huile d'olive et le tabasco.
7. Disposez le granité dans les verrines, ajoutez l'huile et le tabasco et servez.

! *Si vous n'avez pas de temps, prenez un gaspacho en boite et versez-le dans la sorbetière.*

BLÉ & COURGETTES

▶ Ingrédients

200 g de blé
1 courgette
12 tomates cerise
1 litre de bouillon de légume
60 g de parmesan
Sel et poivre

Difficulté : Facile
Préparation : 10 mn
Cuisson : 10 mn
Pour 6 personnes

▶ Préparation

1. Faites cuire le blé dans le bouillon porté à ébullition pendant 10 minutes.
2. Rincez les légumes, coupez les tomates en 4 et retirez les graines, et détaillez la courgette dans le sens de la longueur.
3. Faites des copeaux de parmesan avec un économe.
4. Egouttez le blé, mélangez-le avec les légumes et le parmesan.
5. Salez, poivrez et servez immédiatement.

AVOCATS À L'HUILE DE PISTACHE *

▶ Ingrédients

1 avocat
3 c.s. d'huile de pistache
8 branches de persil
Sel de Guérande

Difficulté : Facile
Préparation : 5 mn
Cuisson : sans
Pour 6 personnes

▶ Préparation

1 Dans un blender, mélangez l'huile de pistache avec le persil jusqu'à ce que la préparation soit homogène.

2 Détaillez l'avocat en cubes.

3 Disposez l'avocat sur les cuillères, ajoutez l'huile de pistache aromatisée, le sel et servez.

Le vert de l'huile de pistache donne une véritable profondeur à votre avocat, mais si vous n'en trouvez pas, mixez simplement l'huile avec du persil, du cerfeuil, ou de la menthe pour obtenir un vert profond.

CAROTTES À L'ORIENTALE

Un bouquet coloré aux parfums d'ailleurs.

▶ Ingrédients

2 carottes
12 feuilles de coriandre
1 c.c. de cumin en poudre
1 c.s. d'huile d'arachide
Sel

Difficulté : Facile
Préparation : 10 mn
Cuisson : 1 mn
Pour 6 personnes

▶ Préparation

1 Pelez, puis, à l'aide d'une mandoline, faites des tranches fines de carotte.

2 Dans un grand volume d'eau, faites cuire les carottes une minute, égouttez et réservez.

3 Hachez finement la coriandre.

4 Dans un bol, mélangez la coriandre avec l'huile, le sel et le cumin.

5 Faites mariner les carottes dans la préparation et disposez-les dans les cuillères juste avant de servir.

PURÉE DE POTIMARRON AUX CHÂTAIGNES *

▶ Ingrédients

150 g de potimarron
6 châtaignes
1 c.s. de crème fraîche
20 g de parmesan
1 c.s. d'huile d'arachide
Sel et poivre

Difficulté : Moyen
Préparation : 20 mn
Cuisson : 15 mn
Pour 6 personnes

▶ Préparation

1 Pelez le potimarron et faites-le cuire 10 minutes dans l'eau bouillante.
2 Égouttez et réservez.
3 Entaillez les châtaignes dans le sens de la hauteur avec la pointe d'un couteau.
4 Dans une casserole d'eau froide, plongez les châtaignes et laissez cuire 3 minutes après l'ébullition.
5 Pelez les châtaignes sous l'eau froide et disposez-les dans le bol d'un robot avec le potimarron, le parmesan, le sel et le poivre.
6 Mixez jusqu'à ce que la préparation soit homogène.
7 Ajoutez la crème et disposez dans les cuillères avant de servir.

! *Le potimarron a une saveur particulière qui se marie également bien avec la charcuterie. N'hésitez pas à la proposer dans des cannellonis de viande des Grisons.*

RATATOUILLE

Une saveur traditionnelle inoubliable.

▶ Ingrédients

1 oignon
2 tomates
1 poivron vert
1 courgette
1 aubergine
2 feuilles de laurier
1 branche de thym
3 c.s. d'huile d'olive
Sel et poivre

Difficulté : Moyen
Préparation : 15 mn
Cuisson : 30 mn
Pour 6 personnes

▶ Préparation

1 Pelez l'oignon et hachez-le finement.
2 Coupez le poivron en deux et retirez les graines avant de le détailler en petits dés.
3 Rincez la courgette et l'aubergine, et détaillez-les en petits dés.
4 Rincez et coupez les tomates en deux, retirez les graines et détaillez-les en petits dés.
5 Dans une casserole, faites chauffer à feu vif l'huile d'olive et ajoutez l'oignon et le poivron pendant 5 minutes en remuant.
6 Ajoutez le reste des légumes, les aromates, ½ verre d'eau, baissez le feu et laissez cuire 20 minutes à feu doux en remuant régulièrement.
7 Retirez les aromates, passez la ratatouille au tamis.
8 Disposez dans les cuillères et servez.

FROMAGE FRAIS *

▶ Ingrédients

200 g de fromage de chèvre frais
20 brins de ciboulette
1 c.s. de jus de citron
Sel et poivre

Difficulté : Facile
Préparation : 5 mn
Cuisson : sans
Pour 6 personnes

▶ Préparation

1. Rincez la ciboulette et hachez-la finement.
2. À l'aide d'une fourchette, écrasez le fromage.
3. Incorporez la ciboulette, le jus de citron, le sel et le poivre au fromage.
4. Disposez dans les cuillères et servez frais.

! *Cette préparation simplissime est également délicieuse avec des noisettes torréfiées, du thym et des lardons grillés.*

CRÈME DE CAMEMBERT

Une cuillère aux saveurs de Normandie.

▶ Ingrédients

½ camembert
10 cl de crème liquide
1 grosse pomme
Sel et poivre

Difficulté : Facile
Préparation : 10 mn
Cuisson : 5 mn
Pour 6 personnes

▶ Préparation

1. Retirez la peau du camembert et coupez-le en morceaux.
2. Dans une casserole, faites chauffer la crème avec le fromage en remuant régulièrement, jusqu'à ce que le mélange soit homogène.
3. Pelez la pomme et détaillez-la en dés.
4. Disposez les dés sur les cuillères, salez et poivrez.
5. Recouvrez avec le camembert fondu et servez.

TIRAMISU AUX FRUITS ROUGES *

▶ Ingrédients

150 g de myrtilles
100 g de framboises
100 g de groseilles
200 g de mascarpone
200 g de crème fraîche
80 g de sucre glace
3 œufs
30 biscuits à la cuiller
Sel

Difficulté : Facile
Préparation : 15 mn
Cuisson : sans
Pour 6 personnes

▶ Préparation

1 Mixez un tiers des fruits avec 30 grammes de sucre, et imbibez les biscuits avec le jus obtenu.

2 Mélangez le mascarpone, la crème et le sucre restant jusqu'à obtenir une préparation homogène.

3 Séparez les blancs des jaunes et montez les blancs en neige avec une pincée de sel.

4 Incorporez d'abord les jaunes à la préparation, puis les blancs.

5 Mélangez délicatement les fruits restants.

6 Disposez les biscuits au fond des verrines.

7 Ajoutez la crème et réservez au réfrigérateur avant de servir.

! *Le tiramisu est certes délicieux quelques heures avant, mais il ne sera que meilleur préparé la veille.*

FROMAGE BLANC & GELÉE D'ÉPICE

La douceur du fromage blanc et la force des épices se marient dans cette verrine.

▶ Ingrédients

300 g de fromage blanc
1 étoile de badiane
1 bâton de cannelle
1 c.s. de graines de cumin
2 c.s. de miel
15 cl de vin blanc
2 feuilles de gélatine

Difficulté : Facile
Préparation : 5 mn
Cuisson : 10 mn
Pour 6 personnes

▶ Préparation

1 Dans une casserole, portez le vin à ébullition avec le miel et les épices.

2 Laissez infuser hors du feu jusqu'à refroidissement complet.

2 Faites réchauffer à feu doux.

3 Dans un bol d'eau froide, faites tremper les feuilles de gélatine, puis égouttez-les et ajoutez-les au vin chaud.

4 Disposez le fromage blanc dans les verrines, recouvrez avec le vin passé au tamis et laissez prendre la gelée au réfrigérateur pendant deux heures avant de servir.

CRUMBLE DE PÊCHES *

▶ Ingrédients

250 g de pêches
4 c.s. de miel
80 g de farine
40 g de beurre
4 tranches de pain d'épice

30 g de sucre
Poivre

Difficulté : Moyen
Préparation : 15 mn
Cuisson : 8 mn
Pour 6 personnes

▶ Préparation

1. Faites préchauffer votre four à 180 °C.
2. Pelez les pêches et détaillez-les.
3. Poivrez et faites-les mariner avec le miel.
4. Dans un saladier, mélangez la farine, le beurre, le sucre et les miettes de pain d'épice jusqu'à obtenir une pâte friable.
5. Placez les miettes de crumble sur une plaque allant au four recouverte de papier sulfurisé, et faites cuire jusqu'à ce que la pâte soit dorée.
6. Disposez les pêches dans les verrines, ajoutez les miettes de crumble et servez.

Si vous n'êtes pas friands de pain d'épice, vous pouvez le remplacer et compenser par 20 grammes de farine et 10 grammes de beurre et 1 cuillère à café de cannelle.

RISOTTO AUX FRUITS DE LA PASSION

Un riz au lait plein de soleil !

▶ Ingrédients

150 g de riz rond

200 g de fruits de la passion

40 cl de lait

10 cl de lait concentré sucré

1 c.s. de rhum

20 g de beurre

Difficulté : Chef
Préparation : 10 mn
Cuisson : 30 mn
Pour 6 personnes

▶ Préparation

1. Dans une poêle, faites fondre le beurre.
2. Lorsque celui-ci est bien fondu, ajoutez le riz et mélangez.
3. Ajoutez petit à petit le lait et attendez qu'il soit absorbé pour en remettre.
4. Évidez les fruits de la passion et réservez.
5. Ajoutez le rhum et le lait concentré sucré, mélangez, coupez le feu et laissez refroidir.
6. Ajoutez les fruits au riz froid et répartissez dans les verrines avant de servir.

CRÈME D'AMANDES AU KIWI *

▶ Ingrédients

10 kiwis
30 g d'amandes effilées
100 g d'amandes en poudre
100 g de sucre en poudre
100 g de beurre
1 œuf
20 cl de crème liquide

Difficulté : Facile
Préparation : 15 mn
Cuisson : sans
Pour 6 personnes

▶ Préparation

1. Pelez les kiwis et détaillez-les grossièrement.
2. Dans un saladier, mélangez dans l'ordre les amandes, le sucre et le beurre, jusqu'à obtenir une pâte homogène.
3. Ajoutez un œuf et mélangez avec un fouet électrique pendant quelques minutes.
4. Incorporez délicatement les amandes effilées et réservez.
5. Montez la crème liquide en chantilly et réservez.
6. Disposez la crème d'amandes au fond des verrines, recouvrez avec la chantilly et ajoutez les kiwis.
7. Réservez au frais avant de servir.

FRAMBOISES EN CHANTILLY

Un rêve de dessert : facile à préparer et délicieux.

▶ Ingrédients

200 g de framboises
15 cl de liqueur de framboise
10 cl de crème liquide
1 c.s. de sucre glace
1 c.s. de gingembre en poudre

Difficulté : Facile
Préparation : 5 mn
Cuisson : sans
Pour 6 personnes

▶ Préparation

1. Mélangez la liqueur avec le gingembre.
2. Montez la crème liquide en chantilly avec le sucre.
3. Disposez les framboises dans les verrines et couvrez avec la liqueur.
4. Disposez la chantilly sur le dessus et servez.

! *Pour transformer ce dessert et éviter les accidents qui tachent, il suffit de faire chauffer un peu la liqueur et d'y ajouter 1 feuille de gélatine.*

CRÈME ANGLAISE À LA CANNELLE *

Un grand classique et toujours un succès.

Ingrédients

80 cl de lait
4 jaunes d'œuf
1 c.s. de cannelle
100 g de sucre en poudre

Difficulté : Moyen
Préparation : 10 mn
Cuisson : 20 mn
Pour 6 personnes

Préparation

1. Dans le bol d'un robot, mélangez les jaunes d'œufs avec le sucre, jusqu'à obtenir une préparation homogène.
2. Dans une casserole, portez le lait à ébullition.
3. Ajoutez petit à petit le lait aux œufs en battant sans arrêter.
4. Remettez dans une casserole et faites cuire à feu doux en remuant régulièrement jusqu'à ce que la crème devienne onctueuse.
5. Versez la crème dans les verrines et laissez-la refroidir avant de la placer au réfrigérateur.
6. Servez frais.

CRÈME DE PAMPLEMOUSSE

Ingrédients

1 pamplemousse
4 œufs
100 g de sucre roux
50 g de farine
50 cl de lait

Difficulté : Moyen
Préparation : 15 mn
Cuisson : 20 mn
Pour 6 personnes

Préparation

1. Prélevez les zestes et le jus d'un pamplemousse.
2. Dans le bol d'un robot, mélangez les œufs avec le sucre, jusqu'à obtenir une préparation homogène.
3. Ajoutez le lait et la farine, et mélangez jusqu'à ce que le préparation soit bien homogène.
4. Faites chauffer à feu doux en mélangeant régulièrement jusqu'à ce que le crème devienne onctueuse.
5. Retirez du feu, ajoutez les zestes et le jus de pamplemousse, et versez dans les verrines.
6. Laissez refroidir avant de les placer au réfrigérateur et servez frais.

! *Remplacez le pamplemousse par un autre agrume si vous n'aimez pas son goût particulier. Cette crème est également délicieuse avec de l'orange sanguine ou du citron vert.*

GELÉE DE SIROP DE CACTUS *

▶ Ingrédients

1 avocat
4 c.s. de sirop de cactus
1 c.s. de jus de citron vert
50 cl de crème liquide
2 feuilles de gélatine
1 c.s. de sucre roux

Difficulté : Moyen
Préparation : 20 mn
Cuisson : 5 mn
Pour 6 personnes

▶ Préparation

1 Pelez l'avocat et, à l'aide d'un robot, mixez-le avec le sucre, le jus de citron et 40 centilitres de crème, jusqu'à obtenir une préparation homogène.

2 Diluez le sirop de cactus dans 30 centilitres d'eau et faites-le chauffer doucement dans une casserole.

3 Faites tremper la gélatine dans de l'eau froide, égouttez-la et ajoutez les feuilles au sirop de cactus.

4 Disposez la crème d'avocat au fond de la verrine, ajoutez un peu de sirop de cactus et laissez prendre au réfrigérateur.

5 Montez le reste de crème liquide en chantilly et réservez.

6 Disposez le reste de crème d'avocat dans les verrines, couvrez avec la chantilly et servez.

! *D'une couleur amusante, vous pouvez jouer avec d'autres sirops pour varier les combinaisons : violette avec des mûres, melon avec des pitayas…*

LITCHIS & PERLES DE TAPIOCA

Un dessert très frais, idéal pour les soirs d'été.

▶ Ingrédients

6 c.s. de perles de tapioca
1 boîte de litchis
2 c.c. de sucre glace
5 cl de crème liquide
4 jaunes d'œufs
2 c.s. de farine
40 g de sucre

Difficulté : Facile
Préparation : 15 mn
Cuisson : 20 mn
Pour 6 personnes

▶ Préparation

1 Égouttez les litchis et réservez 5 centilitres de sirop.

2 Mixez les litchis et réservez.

3 Dans le bol d'un robot, mélangez les jaunes d'œufs avec le sucre et la farine, puis ajoutez le lait jusqu'à ce que la préparation soit homogène.

4 Faites chauffer à feu doux jusqu'à ce que la préparation soit bien onctueuse.

5 Retirez du feu et incorporez la purée de litchis.

6 Faites cuire les perles de tapioca dans un grand volume d'eau jusqu'à ce qu'elles deviennent translucides.

7 Égouttez-les et réservez.

8 Mélangez le sirop de litchis à la crème liquide.

9 Disposez la crème de litchis au fond des verrines, déposez les perles de tapioca et versez le mélange à base de crème.

10 Réservez au réfrigérateur avant de servir.

TRIFFLE ROSE *

Un dessert qui nous vient d'outre-Manche.

Ingrédients

400 g de fromage blanc
1 pot de confiture de cerises
30 biscuits à la cuiller roses

Difficulté : Facile
Préparation : 5 mn
Cuisson : sans
Pour 6 personnes

Préparation

Mélangez 100 g de fromage blanc avec de la confiture de cerises, jusqu'à obtenir une couleur qui vous plaise.

Écrasez grossièrement les biscuits et disposez-les au fond des verrines.

Versez du fromage blanc, puis une couche de fromage blanc à la cerise.

Répétez l'opération précédente, mais remplacez la dernière couche par de la confiture.

Servez bien frais.

! *Vous pouvez imbiber vos biscuits avec 5 centilitres d'amaretto pour donner à ce dessert une touche réservée aux adultes.*

COMPOTE DE POMMES & FIGUES

Ingrédients

8 pommes
6 figues
20 g de beurre
20 g de sucre
1 branche de romarin

Difficulté : Facile
Préparation : 5 mn
Cuisson : 10 mn
Pour 6 personnes

Préparation

1. Rincez puis hachez finement les feuilles de romarin.
2. Pelez les pommes et détaillez-les.
3. Dans une poêle, faites fondre le beurre à feu doux, puis faites revenir les pommes jusqu'à ce qu'elles deviennent bien tendre.
4. Saupoudrez de sucre et des feuilles de romarin, et mélangez délicatement.
5. Rincez les figues et coupez-les en 4.
6. Disposez les figues au fond des terrines et couvrez-les avec la compote avant de servir.

GELÉE DE THÉ GLACÉ *

Une nouvelle façon de prendre le thé !

▶ Ingrédients

1 sachet de thé earl grey

50 g de sucre roux

4 feuilles de gélatine

Difficulté : Facile
Préparation : 5 mn
Cuisson : 5 mn
Pour 6 personnes

▶ Préparation

1 Dans une casserole, faites bouillir 80 centilitres d'eau.

2 Faites tremper les feuilles de gélatine dans l'eau froide.

3 Laissez infuser le thé dans l'eau bouillante pendant 3 minutes.

4 Retirez le sachet, ajoutez le sucre et la gélatine, et versez dans les verrines.

5 Laissez la gelée prendre au réfrigérateur pendant 2 heures et servez frais.

! *Variez les saveurs en utilisant plusieurs types de thé ou infusion, et n'hésitez pas à inclure un fruit dans votre gelée pour un effet visuel.*

GRANITÉ DE CAFÉ

▶ Ingrédients

60 cl de café noir

100 g de sucre en poudre

10 cl de crème liquide

30 g de chocolat noir

Difficulté : Facile
Préparation : 5 mn
Cuisson : sans
Pour 6 personnes

▶ Préparation

1 Mélangez le sucre et le café jusqu'à ce qu'il disparaisse complètement.

2 Déposez le mélange au congélateur pendant 1 heure.

3 Versez la préparation dans un blender et mixez pour obtenir de fines paillettes.

4 Disposez à nouveau le mélange au congélateur pendant 20 minutes.

5 Râpez des copeaux de chocolat.

6 Disposez les paillettes de granité dans les verrines, versez un peu de crème et parsemez de copeaux de chocolat avant de servir.

MOUSSES AUX CHOCOLATS *

Un duo gagnant à tous les coups !

Ingrédients

200 g de chocolat blanc
200 g de chocolat noir
10 œufs
3 feuilles de gélatine
20 cl de crème liquide
2 c.s. d'huile d'arachide
10 g de sucre en poudre
50 g de sucre glace
Sel

Difficulté : Chef
Préparation : 40 mn
Cuisson : 15 mn
Pour 6 personnes

Préparation

1 Faites fondre le chocolat blanc au bain-marie avec 1 c.s. d'huile, faites tremper la gélatine dans l'eau froide, séparez les blancs des jaunes de 4 œufs.

2 Mélangez les jaunes avec le sucre, jusqu'à obtenir une préparation homogène, et montez les blancs en neige avec une pincée de sel. Ajoutez les jaunes au chocolat chaud ainsi que la gélatine essorée.

4 Incorporez délicatement les blancs en neige à la préparation et disposez le mélange dans la verrine avant de laisser reposer au réfrigérateur.

5 Faites fondre le chocolat noir au bain-marie avec 1 cuillère à soupe d'huile.

6 Séparez le blanc des jaunes des œufs restants. Mélangez les jaunes avec le sucre, jusqu'à obtenir une préparation homogène, et montez les blancs en neige avec une pincée de sel.

7 Montez la crème liquide en chantilly. Incorporez les jaunes au chocolat, lorsque le mélange est homogène, ajoutez la chantilly puis les blancs en neige.

8 Disposez dans les verrines et laissez prendre au réfrigérateur.

MOUSSE À LA PISTACHE

Ingrédients

200 g de pistaches émondées
50 cl de lait
100 g de sucre
40 g de farine
20 g de beurre
50 cl de crème liquide
4 jaunes et 2 blancs d'œufs
3 feuilles de gélatine

Difficulté : Chef
Préparation : 20 mn
Cuisson : 15 mn
Pour 6 personnes

Préparation

1 Écrasez grossièrement les pistaches et faites chauffer le lait avec les morceaux pendant 10 minutes à feu doux.

2 Faites tremper les feuilles de gélatine dans l'eau froide.

3 Montez les blancs en neige avec une pincée de sel.

4 Dans le bol d'un robot, mélangez les jaunes avec le sucre et la farine ; lorsque la préparation est homogène, ajoutez le lait avec les pistaches et mixez.

5 Ajoutez alors la gélatine essorée et les blancs en neige.

6 Montez la crème en chantilly et incorporez-la délicatement.

7 Disposez la préparation dans les verrines et laissez prendre au réfrigérateur pendant 2 heures minimum avant de servir.

CERISE SAUCE AU CHOCOLAT BLANC *

Un dessert d'esthète, élégant et parfumé.

▶ Ingrédients

6 cerises
100 g de chocolat blanc
5 cl de crème liquide
1 c.c. d'huile d'arachide
10 cl de Campari
1 feuille de gélatine

Difficulté : Moyen
Préparation : 15 mn
Cuisson : 10 mn
Pour 6 personnes

▶ Préparation

1. Rincez, puis coupez les cerises en deux.
2. Dans un bol d'eau froide, faites tremper la gélatine.
3. Faites chauffer le Campari et ajoutez-y la gélatine essorée.
4. Versez dans un récipient et laissez prendre au frais.
5. Faites fondre le chocolat au bain-marie avec l'huile.
6. Ajoutez la crème liquide, mélangez et disposez le chocolat sur les cuillères.
7. Détaillez la gelée de Campari en dés, ajoutez les cerises sur le chocolat avec un dé de gelée et servez.

! *Pour les enfants, remplacez la gelée d'alcool par du sirop de menthe.*

BLANC-MANGER SAUCE CORIANDRE

▶ Ingrédients

15 cl de lait
30 g de sucre en poudre
50 g d'amandes effilées
1 feuille de gélatine
12 feuilles de coriandre
1 c.c. de miel
5 cl de crème liquide

Difficulté : Chef
Préparation : 20 mn
Cuisson : 5 mn
Pour 6 personnes

▶ Préparation

1. Dans un blender, mélangez la crème, le miel et la coriandre, jusqu'à obtenir une préparation homogène.
2. Faites tremper la gélatine dans l'eau froide.
3. Faites chauffer le lait et le sucre dans une casserole avec les amandes.
4. Une fois à ébullition, coupez le feu et laissez refroidir, puis filtrez et récupérez le lait.
5. Faites chauffer à feu doux et ajoutez la gélatine, versez dans un récipient et laissez prendre au frais pendant 2 heures.
6. Disposez de petites quenelles de blanc-manger dans les cuillères, ajoutez la crème de coriandre et servez.

ANANAS EN ROBE DE CHOCOLAT

Sucré, épicé, chocolaté, un vrai délice !

▶ Ingrédients

3 tranches d'ananas en boîte
2 c.s. de miel
1 c.c. de paprika
50 g de chocolat noir
1 c.c. d'huile
10 g de beurre

Difficulté : Facile
Préparation : 10 mn
Cuisson : 5 mn
Pour 6 personnes

▶ Préparation

1. Dans une poêle, faites fondre le beurre avec le miel et le paprika.
2. Ajoutez l'ananas et faites-le dorer des deux côtés.
3. Faites fondre le chocolat avec l'huile au bain-marie.
4. Coupez l'ananas en 4 et disposez-le dans les cuillères.
5. Versez le chocolat dessus et laissez prendre au réfrigérateur pendant 1 heure.
6. Servez frais

! *Les grains de raisins passés quelques secondes à la poêle et nappé de chocolat sont également à tester.*

BOUCHÉES DE BROWNIE AUX FRUITS *

▶ Ingrédients

125 g de chocolat
75 g de sucre en poudre
75 g de beurre
30 g de farine
1 œuf
Sel
Fruits

Difficulté : Facile
Préparation : 15 mn
Cuisson : 15 mn
Pour 6 personnes

▶ Préparation

1. Faites préchauffer votre four à 200 °C.
2. Faites fondre le chocolat au bain-marie avec le beurre.
3. Ajoutez le sucre, l'œuf, une pincée de sel, puis la farine tout en continuant de mélanger entre chaque ingrédient.
4. Disposez dans le moule préalablement beurré et laissez cuire au four.
5. Laissez refroidir hors du four avant de placer le plat au réfrigérateur.
6. Détaillez le gâteau, placez les morceaux sur les cuillères, agrémentez de fruits et servez.

BOUCHÉES DE NOIX DE COCO*

Toute la douceurs des îles dans une cuillère.

▶ Ingrédients

120 g de noix de coco râpée

50 g de sucre en poudre

1 blanc et 2 jaunes d'œufs

Sel

Difficulté : Facile
Préparation : 10 mn
Cuisson : 20 mn
Pour 6 personnes

▶ Préparation

1 Dans un bol, mélangez les jaunes avec le sucre, jusqu'à obtenir un mélange homogène.

2 Montez les blancs en neige avec une pincée de sel.

3 Ajoutez la noix de coco au jaune, puis le blanc délicatement.

4 Formez les pièces de coco et faites-les cuire à la vapeur dans un panier recouvert de papier sulfurisé.

5 Laissez refroidir et disposez sur les cuillères, agrémentez selon vos envies.

! *Si vous souhaitez rendre vos bouchées croustillantes, faites-les dorer au four une vingtaine de minutes à 145 °C.*

PÊCHES MELBA

▶ Ingrédients

3 pêches

120 g de glace à la vanille

4 c.s. de gelée de groseilles

30 g d'amandes effilées

50 g de sucre en poudre

Difficulté : Facile
Préparation : 15 mn
Cuisson : 15 mn
Pour 6 personnes

▶ Préparation

1 Pelez les pêches et coupez-les en 4.

2 Dans une casserole, faites bouillir le sucre avec 30 cl d'eau et plongez-y les fruits, puis baissez le feu et laissez cuire 10 minutes.

3 Égouttez et laissez refroidir.

4 Hachez grossièrement les amandes.

5 Faites chauffer la gelée à feu doux avec un peu d'eau pour la rendre liquide.

6 Disposez la glace dans les cuillères, ajoutez la pêche, le sirop de groseille et les amandes, et servez.

TRUFFES CROUSTILLANTES *

Ingrédients

200 g de chocolat noir
100 g de beurre
100 g de sucre glace
2 jaunes d'œufs
75 g de noisettes émondées

Difficulté : Moyen
Préparation : 15 mn
Cuisson : 5 mn
Pour 6 personnes

Préparation

Hachez grossièrement les noisettes.

Faites fondre le chocolat au bain-marie avec le beurre.

Lorsque le mélange est homogène, retirez du feu, ajoutez les jaunes d'œufs et le sucre, jusqu'à obtenir une préparation uniforme.

Ajoutez les noisettes et laissez refroidir au réfrigérateur.

Formez de petites quenelles avec les cuillères et servez-les.

ROSES BLANCHES

Une jolie variante de la rose des sables classique.

Ingrédients

150 g de pétales de maïs
200 g de chocolat blanc
1 c.c. de gingembre en poudre
1 c.c. d'huile d'arachide

Difficulté : Facile
Préparation : 10 mn
Cuisson : 5 mn
Pour 6 personnes

Préparation

1 Faites fondre le chocolat au bain-marie avec l'huile et le gingembre jusqu'à ce que la préparation soit bien homogène.

2 Versez le mélange sur les pétales de maïs et mélangez délicatement pour bien les recouvrir sans les casser.

3 Formez de petits tas dans les cuillères et laissez reposer une trentaine de minutes au réfrigérateur.

4 Servez à température ambiante.

! *Pour leur donner des couleurs amusantes, ajoutez quelques gouttes de colorant alimentaire dans le chocolat.*

CRÈME VANILLE *

▶ Ingrédients

2 œufs
40 g de sucre
25 cl de lait
5 cl de crème liquide
½ gousse de vanille

Difficulté : Moyen
Préparation : 15 mn
Cuisson : 20 mn
Pour 6 personnes

▶ Préparation

1. Grattez la gousse de vanille avec la pointe du couteau, retirez les graines et réservez.
2. Dans le bol du robot, déposez le sucre et les œufs, et mélangez jusqu'à obtenir une préparation homogène.
3. Ajoutez les graines de vanille, la crème et le lait, et mélangez à nouveau.
4. Dans une casserole, faites chauffer le mélange à feu doux jusqu'à ce que le crème devienne onctueuse.
5. Versez dans les cuillères et réservez au frais.
6. Saupoudrez de cacao en poudre et servez frais.

CRÈME CAFÉ

Vous ne résisterez pas au croquant de la nougatine !

▶ Ingrédients

2 œufs
40 g de sucre
25 cl de lait
5 cl de crème liquide
1 c.s. de café soluble
1 c.s. de nougatine

Difficulté : Moyen
Préparation : 15 mn
Cuisson : 20 mn
Pour 6 personnes

▶ Préparation

1. Dans le bol du robot, déposez le sucre et les œufs, et mélangez jusqu'à obtenir une préparation homogène.
2. Ajoutez le café soluble, la crème et le lait, et mélangez à nouveau.
3. Dans une casserole, faites chauffer le mélange à feu doux jusqu'à ce que le crème devienne onctueuse.
4. Versez dans les cuillères et réservez au frais.
5. Saupoudrez de nougatine et servez frais.

SORBET À LA POMME & AU SIROP DE CITRON *

Un parfum frais et fruité dans une cuillère.

Ingrédients

750 g de pommes
1 c.s. d'alcool de pomme
1 citron
150 g de sucre

Difficulté : Chef
Préparation : 10 mn
Cuisson : 20 mn
Pour 6 personnes

Préparation

1 Prélevez les zestes et le jus du citron.

2 Pelez les pommes et détaillez-les en dés.

3 Dans une casserole, faites chauffer 100 g de sucre avec un verre d'eau et portez le tout à ébullition.

4 Baissez le feu, ajoutez les pommes et laissez cuire doucement pendant 15 minutes.

5 Mixez la compote avec l'alcool et déposez au congélateur.

6 Dans une casserole, portez à ébullition le sucre avec 5 centilitres d'eau, les zestes et le jus du citron, puis baissez le feu et laissez cuire 2 minutes à feu doux.

7 Sortez le sorbet 10 minutes avant de le servir dans les cuillères nappé de sirop.

CRÈME CHOCOLAT

Ingrédients

2 œufs
40 g de sucre
25 cl de lait
5 cl de crème liquide
50 g de chocolat
1 c.s. de pistaches

Difficulté : Moyen
Préparation : 15 mn
Cuisson : 20 mn
Pour 6 personnes

Préparation

1 Faites fondre le chocolat au bain-marie.

2 Hachez grossièrement les pistaches et réservez.

3 Dans le bol du robot, déposez le sucre et les œufs, et mélangez jusqu'à obtenir une préparation homogène.

4 Ajoutez les graines de vanille, la crème et le lait, et mélangez à nouveau.

5 Ajoutez le chocolat et liez une nouvelle fois le mélange.

6 Dans une casserole, faites chauffer le mélange à feu doux jusqu'à ce que le crème devienne onctueuse.

7 Versez dans les cuillères et réservez au frais.

8 Saupoudrez de pistaches et servez frais.

PRUNES DEUX FAÇONS

▶ Ingrédients

1 kg de prunes
200 g de sucre de canne
10 petits suisses
100 g de raisins de Corinthe
20 g de beurre
1 branche de romarin

Difficulté : Chef
Préparation : 15 mn
Cuisson : 15 mn
Pour 6 personnes

▶ Préparation

1. La veille, faites tremper les raisins dans l'alcool de prune.
2. Égouttez et réservez.
3. Rincez les prunes, hachez-les grossièrement et réservez la moitié.
4. Dans une casserole, faites fondre le beurre à feu doux, ajoutez la moitié des prunes avec le sucre, le romarin et un demi-verre d'eau.
5. Laissez cuire pendant 15 minutes jusqu'à ce que les prunes soient bien compotées.
6. Écrasez, avec une fourchette, les petits suisses et ajoutez les raisins.
7. Disposez la compote au fond des verrines
8. Ajoutez une couche de petits suisses puis une couche de fruits frais et servez frais.

DUO D'ABRICOTS

Un dessert très doux aux couleurs d'été.

Ingrédients

6 abricots frais
4 abricots secs
2 c.s. de pollen
1 branche de thym
5 cl de crème fraîche

Difficulté : Facile
Préparation : 10 mn
Cuisson : sans
Pour 6 personnes

Préparation

1. Rincez les abricots et coupez-les en deux.
2. Dans un robot, mixez les abricots secs avec le thym et la crème fraîche.
3. Disposez les abricots sur les cuillères, ajoutez la purée d'abricots à la place du noyau, saupoudrez de pollen et servez.

! *Adaptable avec tous les fruits que vous trouvez frais et séchés, cette recette se décline parfaitement avec les figues, les raisins, les cerises…*

MOUSSE AU SAFRAN

Ingrédients

50 cl de lait
1 c.c. de safran
1 citron
100 g de sucre
40 g de farine
20 g de beurre
50 cl de crème liquide
4 jaunes et 2 blancs d'œufs
3 feuilles de gélatine

Difficulté : Chef
Préparation : 20 mn
Cuisson : 15 mn
Pour 6 personnes

Préparation

1. Prélevez les zestes du citron et réservez.
2. Faites chauffer le lait avec le safran pendant 10 minutes à feu doux.
3. Faites tremper les feuilles de gélatine dans l'eau froide.
4. Montez les blancs en neige avec une pincée de sel.
5. Dans le bol d'un robot, mélangez les jaunes avec le sucre et la farine puis, lorsque la préparation est homogène, ajoutez le lait et mixez.
6. Ajoutez alors la gélatine essorée et les blancs en neige.
7. Montez la crème en chantilly et incorporez-la délicatement.
8. Répartissez la préparation dans les verrines et laissez prendre au réfrigérateur pendant 2 heures minimum avant de servir.

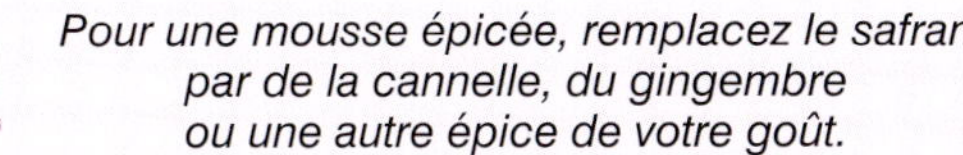

! *Pour une mousse épicée, remplacez le safran par de la cannelle, du gingembre ou une autre épice de votre goût.*

MOUSSE DE FLEUR D'ORANGER *

Ingrédients

20 cl de lait concentré

5 cl d'eau de fleur d'oranger

20 g de sucre glace

1 g d'agar-agar

Difficulté : Chef
Préparation : 10 mn
Cuisson : 5 mn
Pour 6 personnes

Préparation

1. Montez le lait en chantilly à l'aide d'un batteur électrique.
2. Dans une casserole, faites chauffer doucement l'eau de fleur d'oranger et ajoutez l'agar-agar.
3. Incorporez délicatement les deux préparations et ajoutez le sucre glace.
4. Disposez dans des bacs à glaçons et laissez prendre au frais.
5. Démoulez, disposez sur une cuillère et servez accompagné de fruits de saison.

FRAISES D'AMOUR

Une belle association entre la fraîcheur du basilic et la douceur des fraises.

Ingrédients

12 grosses fraises

100 g de sucre en poudre

4 feuilles de basilic

Colorant alimentaire rouge

Difficulté : Moyen
Préparation : 10 mn
Cuisson : 10 mn
Pour 6 personnes

Préparation

1. Dans une casserole, faites infuser à feu doux le basilic avec le sucre et 10 centilitres d'eau.
2. Quand le caramel commence à se former, ajoutez quelques gouttes de colorant.
3. Rincez les fraises, piquez-les sur des cure-dents et nappez-les avec le caramel.
4. Laissez prendre et disposez sur les cuillères avant de servir.

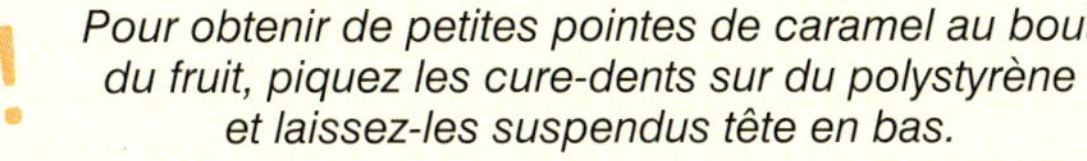

! *Pour obtenir de petites pointes de caramel au bout du fruit, piquez les cure-dents sur du polystyrène et laissez-les suspendus tête en bas.*

MELON & BANANE
CARAMÉLISÉS AU SÉSAME *

► Ingrédients

½ melon
1 banane
150 g de sucre
3 c.s. de graines de sésame

Difficulté : Moyen
Préparation : 10 mn
Cuisson : 10 mn
Pour 6 personnes

► Préparation

1. Détaillez le melon et les bananes en tronçons et disposez-les sur une grille.
2. Dans une casserole, faites chauffer à feu vif le sucre dans 15 centilitres d'eau.
3. Lorsque le caramel commence à se former, ajoutez 2 cuillères à soupe des graines de sésame et mélangez.
4. Dès que le caramel est prêt, versez-le sur les fruits et laissez prendre.
5. Retournez les fruits, disposez-les dans les cuillères et saupoudrez de graines de sésame.

CONCOMBRE SUCRÉ

Redécouvrez le concombre grâce à cette recette.

► Ingrédients

1 concombre
3 c.s. de miel
1 c.s. de jus de citron vert
10 feuilles de verveine

Difficulté : Facile
Préparation : 5 mn
Cuisson : sans
Pour 6 personnes

► Préparation

1. Pelez puis râpez finement le concombre.
2. Hachez finement la verveine.
3. Mélangez le miel et le jus de citron avec la verveine.
4. Incorporez les deux préparations et réservez au frais.
5. Disposez dans les cuillères et servez froid.

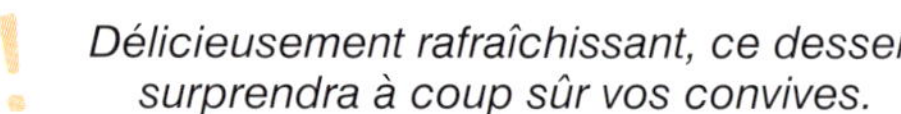

Délicieusement rafraîchissant, ce dessert surprendra à coup sûr vos convives.

Dans la même collection :

- ***La Folie des Cakes***
  Philippe Chavanne
- ***Desserts & Douceurs***
  Marie Joly
- ***La Douce Folie des Biscuits***
  Marie Joly
- ***Apéro Chic***
  Marie Joly
- ***La Bonne Cuisine de Bistrot***
  Philippe Chavanne

Dans la collection *Le meilleur de* :

- ***Le meilleur des* Papillotes**
  Marie Joly
- ***Le meilleur des* Terrines**
  Fanny Matagne
- ***Le meilleur des* Verrines**
  Virginie Boudsocq & Nathalie Ritz
- ***Le meilleur du* Crumble**
  Fanny Matagne
- ***Le meilleur des* Soupes**
  Pascal Nicolas
- ***Le meilleur du* Tiramisu**
  Marie Joly
- ***Le meilleur du* Yaourt**
  Philippe Chavanne
- ***Le meilleur des* Smoothies**
  Fanny Matagne
- ***Le meilleur des* Cocktails**
  Fanny Matagne
- ***Le meilleur du* Barbecue**
  Philippe Chavanne